Cuentos infantiles

en español

Por: *Mena Z.*

"Hay más tesoros en los libros que en todo el botín de los piratas de la Isla del Tesoro". — Walt Disney

ÍNDICE

.

PRÓLOGO

Este libro presenta hermosos cuentos para sus hijos; los cuales están diseñados para enseñarles de manera sutil los valores imprescindibles para su vida adulta y que cada día se pierden en la sociedad moderna.

Sus hijos aprenderán la importancia de ser generosos, respetar a los demás, higiene corporal, beber agua, ser obedientes, respetar el medio ambiente, los animales y muchos más.

El contar cuentos a tus hijos trae muchos beneficios, pues tu vínculo con ellos se hace más fuerte además estimulan la imaginación, creatividad, atención, capacidad de comprensión y mejora su lenguaje.

Puede usar ese libro para transmitirle valores positivos.

BETITO EL EGOÍSTA

En una ciudad muy pequeña llamada Golosinas; vivían muchos niños y niñas. Eran amigos y compartían todo lo que tenían, desde sus muñecas, carritos, videojuegos hasta sus dulces, chocolates y galletas.

Pero había un niño al que no le gustaba compartir. Se llamaba Alberto, pero le llamaban Betito.

A Betito le gustaba que compartieran con él de todo, pero a él no le gustaba compartir, además le gustaba ser siempre el primero en todo. Por eso a los demás niños no les gustaba jugar con él.

Un día la mamá de Betito olvidó colocar en la mochila de su hijo; el almuerzo para el recreo.

Cuando llegó la hora de ir a comer, Betito se puso muy triste pues no comería nada y estaba con mucha hambre, tanta era su hambre que su estómago le rugía.

Fue con sus compañeros para que le compartieran algo, pero como él nunca compartía nada, sus compañeros no lo hicieron.

Betito tenía mucha hambre le pesaba haber sido egoísta. Pero Anita, su compañera de clase a la que él le había roto un lápiz, le compartió una torta y un jugo. Betito se puso muy contento, le dio las gracias y hasta le regaló otro lápiz.

Desde ese día Betito fue muy bondadoso, compartió de lo que tenía con sus amigos y fue amable con todos.

¿Cómo era Betito antes de pasar hambre? _____

¿Qué aprendió Betito? _____

¿Qué puedes hacer tú para ser como Betito amable?

_____

EL CUATRO OJOS

Toño era un niño que desde muy pequeño tuvo que usar anteojos por su mala visión.

Para él era muy normal usarlos, pero hasta que entró a tercero de primaria sus anteojos empezaron a ser un obstáculo, todos los niños en su escuela le llamaban "el cuatro ojos", pero quien más lo molestaba era Lalo, un niño que era su compañero de su clase.

Al inicio Toñito no les prestaba mucha atención a sus burlas, pues se decía a sí mismo —yo tengo cuatro y ellos solo dos- pero pasaba el tiempo y Lalo cada vez era más duro y molesto. A veces Toñito no tenía ganas de ir a la escuela.

Una mañana, Toño no tenía ganas de levantarse para ir a clases, pero recordó que quería ser astronauta cuando fuera grande y para eso, debía ir a la escuela.

El día iniciaba muy bien, pues al parecer Lalo no había ido a clases ese día y por eso Toñito estaba muy contento, pues Lalo no lo molestaría.

Ya eran las 10:50 de la mañana, cuando interrumpió la clase la mamá de Lalo, la maestra se acercó y conversaron un poco, entonces la maestra salió un minuto y regresó con Lalo, pero para su sorpresa Lalo usaba anteojos y se miraba muy apenado, caminó hacia su pupitre con la cabeza agachada y así la mantuvo durante toda la clase, mientras los niños lo miraban con rareza.

Desde ese día, Lalo se volvió callado, siempre estaba solo y triste.

Toño; por su parte estaba contento que ya no lo molestara, pero también sentía lástima y quería ayudarlo.

Así que el día miércoles a la hora del almuerzo se le acercó y le regaló un chocolate del tamaño de una calculadora, en el empaque tenía unas palabras impresas muy pequeñas, entonces Toño le dijo:

-Lalo, quítate los anteojos y lee lo que dice el empaque.

Lalo lo hizo, pero no pudo por su baja visión. Entonces Toño le sugirió.

-Ahora ponte de nuevo los anteojos. E intenta leerlo de nuevo.

Lalo lo hizo, y esta vez leyó en voz alta diciendo:

- ¿Quieres ser mi amigo? - Lalo se puso muy contento. Y desde ese día fueron los mejores amigos.

Lalo aprendió varias lecciones; no es bueno burlarse de las situaciones difíciles que viven las demás personas, pues a cualquiera le pueden pasar. A veces debemos hacer o usar cosas, aunque no nos guste. Así como Lalo que no quería usar anteojos, pero era para su bienestar. Hay quienes no quieren usar frenillos (brackets) o comer verduras. ¿Es ese tu caso?

_____

_____

_____

_____

_____

"HAY MOUSTRUOS EN MI CUERPO"

Susana era una niña como tú, como yo, como cualquiera, pero había algo en particular que no le gustaba: el agua. No le gustaba beber agua, ni siquiera verla, pero lo que realmente odiaba era bañarse.

Su mamá siempre hacía lo posible por convencerla para que tomara baño. Pero Susana siempre se salía con la suya. Su mamá ya cansada de la misma situación dejó que Susana decidiera cuando se bañaría.

Susana estaba muy feliz, pasaron 3 semanas sin bañarse. Y ella seguía feliz. Cierta noche después de cenar, Susana se fue a su habitación, luego fue su mamá a darle las buenas noches y se acurruco entre su edredón para quedarse dormida. Pasaron unos cinco minutos cuando la despertó cierta picazón en su cuello, pero no le prestó mucha atención se estaba quedando dormida de nuevo, cuando sintió como si alguien saltara en sus mejillas… pero el sueño le ganó y se durmió.

Al día siguiente transcurrió todo normal, Susana estaba en clase muy atenta, mientras la maestra explicaba unas operaciones matemáticas. Cuando de repente, Susana gritó:

- ¡Hay un monstruo en mi mano!

Todos se asustaron y se alejaron rápidamente de ella. La maestra se molestó y la llevó con el director. Susana estaba muy asustada y no dejaba de gritar, por eso llamaron a su mamá.

Su mamá llegó muy rápido y habló con el director junto con la maestra, para ese momento Susana ya estaba más tranquila. Así que se fue a casa.

De camino a casa, Susana le platicó a su mamá lo que había visto en su mano durante clases, ella le prestó mucha atención, pero no le dijo una sola palabra.

Ya en casa, su mamá le ofreció un emparedado, después fue a su habitación y la tarde transcurrió muy rápido. Pronto llegó la noche y Susana no podía dormir, escuchaba voces, ruidos, pasos, y sentía mucha picazón en los brazos, oídos, cabeza, y hasta en la nariz. Decidió encender la lámpara y... ¡sorpresa! Había monstruos por todos lados, en la cama, el escritorio, los juguetes, en su almohada y hasta en sus pantuflas. Eran de color Marrón con azul y amarillo, eran de diferentes tamaños, pero tenían una paraciencia horripilante.

Al instante, Susana gritó tan fuerte que se escuchó en todo el vecindario, en ese momento los monstruos se adhirieron a su cuerpo y se desvanecieron. Ella corrió rápidamente a la habitación de sus padres muy asustada, ellos histéricos le preguntaron qué sucedía, pero Susana no podía hablar, solo se frotaba sus brazos, bebió un solo sorbo de agua y después de un momento considerable, por fin dijo:

-Hay monstruos en mi cuerpo. - sus padres no entendían nada, pero ella seguía diciendo -hay monstruos en mi cuerpo-.

Esa noche nadie pudo dormir. Al día siguiente todos despertaron tarde, por lo que Susana no fue a la escuela. Seguía con mucho miedo, pasaron las horas y su mamá le dijo -Susanita ven, siéntate conmigo quiero contarte algo que me platicó mi abuelita.

-Cuando yo era niña, mi abuelita me contó que había ciertos monstruos que les gusta vivir dentro de los cuerpos de personas que casi no tienen contacto con el agua, viven dentro de sus estómagos, pues al no beber mucha agua es un muy buen lugar para vivir allí y cuando esa persona no está en movimiento ellos salen por sus oídos, nariz e incluso por la boca cuando están dormidos, roncando.

Susana se quedó con los ojos muy abiertos, sorprendida.

-y ¿Qué puedo hacer para que desaparezcan?

- Hay dos cosas; si bebes suficiente agua; saldrán y si te bañas, al tener ellos contacto con tu piel limpia, se autodestruirán.

- ¿En verdad sucederá eso?

- ¡Si! Pero si no haces eso, ellos te controlarán e incluso no te dejarán dormir.

-Entonces me quiero bañar, mamá ¿puedo ducharme en este momento?

-Claro que sí.

Desde ese día, Susana se duchaba todos los días y bebía suficiente agua. Y jamás volvió a ver ni sentir esos horribles monstruos.

Y a ti ¿Te gusta bañarte? ¿Cuántos vasos con agua has bebido hoy? ¡Cuidado con los monstruos!

VISITANDO EL PLANETA TIERRA

En un mundo muy parecido al nuestro, allá cerca de la galaxia de Barnard, había un planeta llamado Duhulffyn.

Era un planeta muy bonito en el que vivían seres llamados Duhulffynos.

Los Duhulffynos vivían muy deprisa, cada quien, en sus propios asuntos, y la mayoría tenía un solo objetivo; acumular una sustancia muy preciada para ellos, lo que aquí en la Tierra conocemos como plástico.

Pero te quiero presentar a un Duhulffyno muy especial, llamado Dan.

Dan era un Duhulffyno joven, más o menos como tu edad.

Dan era muy ocurrente, inteligente y le encantaba investigar, si le surgía una duda indagaba hasta que encontraba la respuesta, no se quedaba con ninguna duda. Vivía con sus padres y era hijo único.

Dan, a veces se sentía triste porque siempre estaba solo, deseaba que sus padres estuvieran con él, que jugaran juntos, que fueran de paseo, comieran por lo menos una comida en familia, pero sus padres siempre estaban trabajando, muy ocupados, les suplicaba que solo un día estuvieran con él y fueran al parque, pero ellos respondían:

-Dan, hay que trabajar para obtener la sustancia preciada que nos permite vivir "felices", porque tenemos todo lo que deseamos, así tu puedes ir a la mejor escuela que existe en Duhulffyn y tener todos los juguetes que quieres.

Pero a Dan no le importaba eso. Solo deseaba estar un día con sus papás.

Un día, Dan observando el espacio con su aparato de última tecnología de su planeta, encontró algo en la galaxia llamada vía Láctea. (que es en la que se encuentra la Tierra). Eran pedazos de algo sin una forma en particular. Dan con mucha curiosidad estuvo investigándo, tras una larga y exhaustiva semana, logró descifrar el componente y el origen.

Dan estaba feliz pues esa era la sustancia que necesitaba para que sus padres ya no trabajaran todos los días. El único problema, era llegar a ese planeta desconocido llamado Tierra sin que sus padres se dieran cuenta. Tenía que viajar 1,6 millones de años luz de distancia. Aunque ya anteriormente había viajado a una galaxia cercana cuando había estado de campamento con sus compañeros de su escuela.

Había muchas leyendas y cuentos sobre los seres que habitaban en el planeta Tierra, por eso los seres de ese lado del universo no frecuentaban la galaxia Vía Láctea, debido a eso Dan le daba un poco de miedo viajar especialmente a ese planeta. Pero solamente allí es donde había el preciado material que necesitaba.

Tenía dos opciones: tomar sin permiso la nave del último milenio del futuro que acababa de comprar su papá o terminar el artefacto en el que trabajaba desde hacía mucho tiempo, que era para viajar de galaxia a galaxia en una fracción años luz. Pero le llevaría mucho tiempo terminarlo así que se decidió por la primera opción.

Ideó un buen plan e hizo todos los preparativos, por cierto, olvidé decirte que Dan tenía un amigo que él mismo había creado, era un pequeño robot que siempre lo acompañaba a todos lados, se llamaba Sadiq.

Dan tomó "prestada" la combinación del estante para poder encender la nave. No sin antes ya haber preparado todo su equipaje y con mucho cuidado él y Sadiq salieron haciendo todo lo posible por no llamar la atención, aprovechando que su mamá como siempre aun no llegaba y su padre estaba hablando por teléfono como nosotros lo conocemos. Pero como no quería preocuparlos les dejó una nota diciendo que se quedaría dos días con su amigo Kaeil porque estaba haciendo una tarea. Sabía que si les decía eso; no lo llamarían.

Dan se apresuró y encendió la nave a máxima velocidad de la luz, si no le fallaban sus cálculos, llegaría en uno o dos días. (Días de su mundo).

Mientras viajaban, Dan y Sadiq terminaban de hacer los últimos ajustes a algunos artefactos que usarían en la tierra, que eran para pasar desapercibidos entre los humanos. Pero había un detalle que le preocupaba a Dan, ¿dónde conseguiría todo ese preciado material por el que iba en busca?

Pronto llegaron a la tierra, para su alivio aterrizaron a un lugar solitario. Era desértico, muy raro y desconocido para ellos. Sadiq andaba emocionado tomando muestras de todo, para guárdalo en su banco de datos.

Para no llamar la atención, encogieron la nave y la guardaron en la mochila.

Usaron uno de sus inventos para tener la apariencia de humanos como si fueran dos niños y se fueron a la ciudad más cercana de allí, todo era nuevo.

Pronto se dieron cuenta que esa sustancia que buscaban estaba por todos lados, encontraron muchas piezas de eso por donde caminaban, las cuales Sadiq iba encogiendo y guardando en su almacén. (Botellas, empaques y basura).

Estuvieron haciendo eso durante casi todo el día. Antes de caer la noche, se fueron de nuevo al desierto y volvieron al tamaño original la nave para poder descansar, pues este planeta lo regían otras leyes diferentes a las de su mundo como la ley de la física, la inercia, la gravedad etc.

Dan salió de la nave, observó el cielo… viéndolo desde allí, lucía muy diferente a como él estaba acostumbrado a verlo, Sadiq le mostró un holograma del mapa del universo y el punto en el que se encontraban. En su mundo; solo habían transcurrido diez minutos desde que habían salido de él. Pero a ese ritmo no podrían recolectar el suficiente material antes de que sus padres descubrieran que no se encontraba en Duhulffyn.

Todavía no amanecía, cuando Dan y Sadiq iniciaron con la búsqueda y a su paso fueron recolectando el plástico que encontraban a su paso

En esta ocasión se dirigieron a otro lugar, usaron un artefacto que los teletransporta de lugar en segundos, por lo que conocieron varias "criaturas terrícolas" como las llamaba Dan, las cuales eran pájaros, ardillas, hormigas y mariposas. A Dan le parecían que eran criaturas muy hermosas, lamentaba no poder llevarlas a su planeta, pero su ambiente no lo permitía, solo con decirte que no existe el aire ni el agua en su planeta.

Fueron a un lugar del que Dan se quedó maravillado, había leído y visto hologramas sobre el mar que existía en la tierra, pero verlo y vivirlo tan de cerca era otra cosa. De hecho, todo ese tiempo que estuvo cerca de él, olvidó cuál era su misión, Sino fuera por Sadiq que recolectó muchísimos desechos plásticos. Pasaron todo ese día caminando junto a la playa donde no había muchas personas, Dan se emocionaba al ver a los surfistas en cómo lograban hacer sus malabares en el agua, tratando de atrapar la ola más grande posible.

Y no se quedaría satisfecho hasta que él mismo intentara hacer eso, pero no era de su conocimiento que el artefacto de camuflaje que usaba el cual le daba la apariencia de niño, no eran compatible con el agua, por lo que lamentablemente se averió y al instante quedó a la vista su verdadera apariencia. Las personas que se encontraban cerca pudieron verlo, algunos gritaron y otros muy curiosos se acercaron, Dan se quedó inmóvil sin saber qué hacer, pero Sadiq que no estaba muy lejos de él, le sugirió que se sumergiera en el mar hasta que las personas se retiraran. Y así lo hizo, pues Dan no necesitaba oxígeno para vivir, estuvo nadando y conociendo el mundo bajo el mar ¡quedó maravillado! y hasta pudo salvar a algunos cuantos animales que necesitaban ayuda, por ejemplo, una ballena atorada en las redes de pesca, un delfín que tenía atorada una bolsa de plástico y hasta a cientos de tiburones y rayas que estaban enredados en una masa de plástico gigante.

Dan se dio cuenta que los humanos tenían un grave problema; estaban abusando de ese material; pues estaban acabando con su mismo planeta.

Pronto cayó la noche y no había personas cerca, así que Dan salió del agua y Sadiq lo recibió pues lo estuvo esperando todo ese tiempo no muy lejos de allí. Usaron la teletransportación para viajar al desierto.

El tiempo transcurría y no lograban recolectar el suficiente material.

Además, ahora solo tenían un artefacto que cambiaba de apariencia, esa noche pasaron ideando un plan para terminar con su misión lo antes posible y Sadiq tratando de reparar el artefacto sin éxito. Lo único que les quedó por hacer fue reducir de tamaño a Sadiq, mientras Dan lo llevaba en su mochila. Así salieron muy temprano antes que saliera el sol, a un rumbo desconocido.

Así anduvo caminando de allá para acá mientras recolectaba uno y que otro desperdicio plastificado, mientras admiraba la ciudad todavía iluminada por las luces en las calles y mientras no había tanto bullicio pues aún era de madrugada. De vez en cuando olvidaba su misión pues se distraía con cualquier otro asunto, pero Sadiq que iba en tamaño pequeño dentro de la mochila, tenía que estarlo amonestando. Así transcurrió el tiempo y poco a poco las calles empezaron a estar más transitadas, muy concurridas muchas personas por todos lados.

Dan hacia lo menos posible por no llamar la atención de ningún humano, hasta este momento no se había visto en la necesidad de comunicarse con ninguno y no tenía la intención de hacerlo, hasta que… zaas sintió algo que chocó contra él y sin saber que sucedía, se encontró tirado en el pavimento, miró a su izquierda y según su conocimiento; había un niño humano como de su misma edad (supuso el) también tirado en el pavimento, quien rápidamente se levantó, corrió y se perdió de vista entre la calle.

- ¿Qué sucedió? - Pregunto Dan, sin recibir una respuesta. Lográndose poner de pie.

- ¿Qué fue lo que pasó Dan? ¿Qué fue esa sacudida? - preguntó Sadiq mientras se asomaba desde la mochila que Dan usaba en su espada.

En ese momento Sadiq aviso en un tono alarmado -: Dan, ¡Cuidado! Hay dos humanos detrás de ti, y según mi banco de datos, sus expresiones faciales no indican buenas señales, repito; no indican buenas señales.

Dan dio la vuelta y quedó frente a ellos. Eran dos niños humanos, quizás ligeramente mayores que él. (Calculó).

Los niños, gritaban algo contra Dan mientras hacían ademanes, los cuales a Dan le parecían ofensivos, además que no lograba entender qué es lo que decían; pues no hablaba su idioma, con lo sorprendido y asustado que estaba no sabía qué hacer. Pero Sadiq, sacando conclusiones de su famoso banco de datos, logró sacar conjeturas y dio un pequeño grito a Dan que lo sacó del susto.

- ¡Vamos Dan! Desactiva el camuflaje y grita.

En ese momento Dan siguió las instrucciones y... vualá, (listo) los niños salieron disparados gritando, despavoridos dejando a Dan solo, quien volvió a activar el camuflaje mientras él y Sadiq celebraban a su manera aquella pequeña victoria, pero en ese momento, el radar de Sadiq empezó a detectar que había algo cerca de ellos, así que alertó a Dan. Se dirigieron al lugar sigilosamente donde señalaba encontrarse escondido el intruso, los condujo a unas plantas muy voluminosas con grandes hojas, pero antes de llegar a ellas; saltó a la vista un niño, que comenzó a caminar lentamente hacia ellos... Un momento, era el mismo niño con el que había tropezado Dan antes de encontrarse con aquellos malcriados.

Estuvo escondido allí todo el tiempo, por lo que había visto a Dan sin su camuflaje y como había logrado asustar aquellos niños malcriados.

Dan al ver que se dirigía hacia él, se detuvo sin saber qué hacer, el niño se paró frente a él, lo miró curiosamente y comenzó a hablar, luego extendió su mano hacia Dan para estrechar su mano lo que tú y yo conocemos como saludar, así que ese niño se estaba presentando, pero Dan como no conocía ni el idioma ni las costumbres de los humanos; se quedó todo rígido y desubicado.

Entonces el niño al ver que Dan no entendía nada, comenzó a hablar más lentamente y en sílabas mientras hacía ademanes.

-Yo soy Ru-fus, mientras con su mano se señalaba así mismo.

-Yo Ru-fus, y tú? Mientras señalaba a Dan.

Ahora sí, Dan entendió.

-yo Dan.

- Estrecha su mano con la tuya, es una forma de saludarse y ser amigos aquí en la Tierra. -le gritó Sadiq desde la mochila a Dan, quien había estado investigando en su famoso banco de datos.

Sadiq identificó el idioma que Rufus hablaba, así que configuró un pequeño artefacto parecido a una pulsera, se lo pasó a Dan y este se lo puso en su muñeca. Con ese "traductor" Dan ya podía entender y hablar su idioma.

- Mi nombre es Dan y dentro de la mochila se encuentra mi amigo Sadiq. - dijo mientras extendía su mano hacia Rufus.

- Mucho gusto, soy Rufus. - Mientras estrechaba su mano.

- ¿Tienes un amigo dentro de tu mochila? - preguntó Rufus intrigado mientras observaba la mochila de Dan.

- Sí, ¿quieres conocerlo?

Rufus asintió con la cabeza, mientras sus ojos curiosos se abrían más.

Dan estiró su brazo y sacó de la mochila a Sadiq y se lo mostró a Rufus pues cabía en su mano.

- ¡Asombroso! ¡¿Es un robot?!- exclamó Rufus

- Ya sé que no eres como yo – dijo Rufus refiriéndose a Dan – pero podemos ser amigos…gracias por alejar a Martín y su amigo Dylan, venían tras de mí cuando tropecé contigo, disculpa – continuó Rufus.

- ¿Martín es tu amigo? - preguntó Dan

- ¡No! Ellos me molestan mucho porque según ellos soy raro pues uso frenillos(brackets) y porque soy pequeño.

- ¿Y eso es suficiente para molestar? En donde vivo todos somos diferentes y eso nos hace especiales, por ejemplo, mis orejas son muy cuadradas y grandes pero mi amigo Kaeil las tiene muy pequeñas y triangulares. ¡Qué costumbres tan raras tienen aquí en la Tierra!

- ven te invito a mi escondite, no está muy lejos de aquí – le dijo Rufus mientras le daba un chocolate a Dan.

- ¿Qué es esto?

- ¡Chocolate! Cómetelo está muy bueno.

Y así lo hizo Dan, quien quedó encantado.

-Donde vivo no hay de esto, aunque se parece al sabor a las estrellas esponjadas que prepara mi abuelita cuando voy a su planeta a visitarla… Muchas gracias nuevo amigo.

Caminaron una cuadra hacia arriba y llegaron al "escondite de Rufus" era una casa grande, abandonada y descuidada tenía un amplio jardín con árboles grandes y frondosos en los que vivían muchos pájaros, había un camino principal que conducía a la entrada de la casa, al menos es lo que parecía a simple vista pues estaba muy descuidado, caminaron por él y se desviaron en dirección a una de las ventanas del lado Este de la casa, Rufus abrió la ventana y saltaron hacia adentro los dos. Estaba un poco polvoso dentro de la casa, pero Rufus los condujo a una habitación en la planta alta; era el ático.

Era como una habitación muy amplia con una vista panorámica a la ciudad, también había un telescopio, algunos mobiliarios como un librero grande con muchos libros, aunque casi todos estaban cubiertos de polvo.

Dan aprovechó y volvió al tamaño natural a Sadiq, quien agradeció.

- ¿Por qué están aquí… en la Tierra? –pregunto Rufus

-Venimos por un material precioso- respondió Dan

-Según mi banco de datos, es por lo que ustedes conocen como plástico. - Aseguró Sadiq.

- ¿Por plástico? – preguntó confundido Rufus.

-Sí, verás, allá en donde vivo; el plástico es muy preciado y debido a eso mis padres nunca están conmigo, siempre trabajan y trabajan para obtener ese material, por eso si llevo lo suficiente a mi planeta ellos ya no tendrán que trabajar y siempre estarán conmigo.

Rufus quedó pensativo por algunos segundos. Agito su cabeza y dijo:

- ¿Cómo lo llevarás? ¿Es mucho lo que necesitas?

-Ya llevamos un poco menos de la mitad, pero es muy tardado estar buscando y el tiempo se nos está terminado nos quedan 24 horas de tu mundo.

Rufus pensó y pensó…como podía ayudar a sus nuevos amigos.

Pasaron las horas. Platicaron, jugaron, y Rufus les enseñó algunos juegos que practican los niños en la Tierra; como el fútbol, béisbol, pero el juego que más le gustó a Dan es el juego a las canicas ¿lo conoces? También le compartió algunas golosinas que tenía. Por su parte, Dan le platicó cómo era su mundo y le mostró algunos hologramas que traía. Por cierto, el holograma es como si fuera una fotografía, pero la imagen es reflejada por medio de luz, es como si encendieras una linterna y al encenderla aparece la imagen en forma de luz. Por aquí te dejo un ejemplo:

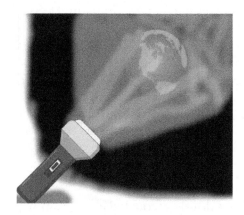

- ¿Y los humanos no tienen padres? ¿vives solo aquí? –preguntó Dan.

-Sí, no…bueno, vivo con mi mamá cerca de aquí, pero ella casi nunca está en casa, llega hasta las 6 de la tarde. Solo los fines de semana estamos todo el día juntos y a veces vamos al parque – presumió Rufus

- ¿Y dónde está siempre?

- ¿En su trabajo?

- ¿También aquí trabajan?

- ¡Sí! mi mamá tiene dos trabajos, dice que si no trabaja no comemos.

- ¿En su trabajo le dan los chocolates de los que me obsequiaste?

Rufus se echó a reír y respondió:

- ¡No! en su trabajo le dan dinero y con ese dinero se puede comprar lo que quieras. Pero ese dinero no alcanza para comprar todo lo que mi mamá necesita…Y ese chocolate que te ofrecí me lo compré yo, con mi dinero -presumió Rufus, - a mi mamá no le alcanza para chocolates ni caramelos.

- ¿Lo compraste con tu dinero? –preguntó Dan asombrado

- Si, cerca de aquí, cruzando la calle hay un lugar donde lavan carros (coches) yo voy allí; le ayudó a don Manuel y él me paga, me da dinero, también a veces vendo limonada en frente de mi casa y con eso compro dulces y… ¿qué crees? Compré este telescopio, estuve ahorrando por muchooo tiempo hasta que logré completar el suficiente dinero. - mientras señalaba el telescopio que estaba cerca de la ventana.

Dan, curioso se dirigió al telescopio mientras preguntaba:

- ¿y tienes padre masculino?

- ¿Cómo masculino?

-Padre, papá, hombre, macho –interrumpió Sadiq; quien no se quedaba quieto, andaba de un lugar a otro investigando y tomando muestras, según él para ampliar su banco de datos.

- ¡Ah! Mi papá un día se fue y ya no regresó. Mamá dice que está con mi nuevo hermano lejos de aquí. Yo creo que ese es un lugar tan lejos, tan lejos que por eso no ha podido regresar. Pero un día voy a ir a buscarlo; le enseñaré el camino de nuevo y regresaremos a casa, viviremos juntos de nuevo y también mi nuevo hermano.

-Ah, yo no tengo hermanos- murmuró Dan

- ¿Entonces aquí en la Tierra el dinero es la riqueza?

-Pues... algo así- afirmó Rufus- mamá dice que el dinero sirve para muchas cosas, pero no para todas; por ejemplo, mi tío que tiene una enorme caja de dinero en su habitación, no puede comprar su medicina porque el médico le dijo que no hay, y siempre está encerrado en su habitación, pálido, débil apenas y respira.

- Oh- dijo Dan pues no había logrado comprender todo eso.

- ¡Mira! Rufus –dijo Dan, mientras movía el telescopio apuntando al cielo en una dirección en específico. – en esa dirección vivo – mientras Rufus se inclinaba para ver a través del telescopio.

- Guao, es muy bonito, me gustaría ir y conocer- dijo Rufus asombrado.

-Un día te voy a llevar, te lo prometo. –le aseguro Dan en tono firme -pero no en este viaje, será en el próximo, por ahora necesitamos encontrar suficiente plástico y el tiempo se nos está agotando.

-Tenemos hasta mañana a las 21 horas de la tierra- puntualizó Sadiq

-¡Tengo una idea! Puedo preguntar a mamá donde hay, mi mamá sabe casi todo, ella es muy inteligente ¿Quieres conocerla?

- No lo creo... lo mejor será no involucrarme con más humanos, mejor vuelve a tu casa, le preguntas y por la mañana regresas aquí ¿Nos podemos quedar aquí?

- Sí, nadie viene, aquí vivía Sharon –Dijo Rufus un poco triste.

- ¿Quién es Sharon? ¿Dónde está? – preguntó Dan

- Sharon era mi amiga, pero murió.

- ¿Murió? ¿Qué es morir?

-mmm… es algo complicado de explicar -dijo Rufus —mientras les indicaba que lo siguieran, los condujo a una habitación muy grande, abrió las cortinas y ventanas, quitó las mantas que cubrían la cama, por lo que se levantó mucho polvo. Después de algún minuto Rufus dijo:

- Aquí pueden dormir, era la cama de mi amiga Sharon.

- ¿Dormir? Nosotros no dormimos, Sadiq es un robot él no necesita dormir, y mi naturaleza no necesita entrar en ese estado inconsciente, al menos no por ahora, solo necesitamos descansar y aquí es más recurrente, pues en tu planeta hay leyes que allá en mi mundo no hay; como la gravedad, aquí todo es muy pesado también la atmósfera es muy caliente – dijo Dan mientras escribía la palabra "morir" entre los próximos objetivos a investigar, recordemos que Dan no le gustaba quedarse con ninguna duda.

-¡Oh! – dijo Rufus muy sorprendido.

Entonces Dan bajó su mochila que traía en su espalda y la puso sobre la cama.

- Muchas gracias Rufus, aquí descansaremos

- Pero ¿qué van a cenar? –Pregunto Rufus preocupado —Voy a casa, veo que encuentro de comer y se los traigo ¿sí?

- No, gracias, nosotros traemos.

Rufus miro la mochila sobre la cama, se preguntaba si era verdad. Luego dijo:

-Solo que hay un inconveniente; en la casa no hay luz eléctrica.

-No la necesitamos. -respondió Sadiq.

Así que Rufus salió de la habitación a pasos veloces, incluso se escuchaban cuando bajaba las escaleras. Mientras Dan y Sadiq se quedaron en la gran habitación.

Sadiq estuvo toda la noche en el jardín investigando cada planta, animal nocturno, cuanto podía, pues todo era nuevo. Mientras Dan seguía en la habitación haciendo algunos preparativos para su partida al día siguiente, estaba un poco triste porque al parecer no cumpliría con su objetivo.

El tiempo transcurrió muy rápido, aunque a Dan le había parecido una eternidad.

Muy temprano antes de que saliera el sol, Rufus llegó a la casa, Sadiq salió a su encuentro y Dan al escucharlo llegar, se levantó de un salto.

- Ya sé a dónde vamos a ir para obtener todo el plástico que necesitan. Y si llegamos temprano; podremos obtenerlo sin que nadie nos vea. El único problema es que no tengo suficiente dinero para pagar el transporte que nos dejaría cerca de la calle donde está la industria –dijo Rufus.

- No hay problema por eso ¿conoces la ubicación? Preguntó Sadiq.

- Pues… no- Dijo Rufus haciendo un esfuerzo por recordar el nombre de la calle- pero está cerca de donde trabaja mi mamá, algunas veces la he acompañado, tomamos un camión y ese no deja justo frente a su trabajo.

Entonces Dan dijo:

- No hay problema, podemos ir Sadiq y yo reducidos dentro de la mochila y tu Rufus haces ese trayecto ¿Crees que sea muy arriesgado? ¿Qué es lo que pueda pasar en el peor de los casos? – preguntó un poco preocupado Dan.

Rufus se detuvo un momento para pensar, finalmente respondió:

-A mí me podrían echar a la cárcel, me obligarían a pagar una multa por tomar lo que no es mío; a Sadiq lo podrían echar a la chatarra y a ti Dan; te podrían quitar tu "pulsera" y descubrir que no eres un niño por lo que probablemente te "estudiarían" estarías en una especie de cárcel y no podrías regresar a tu mundo.

Nadie dijo nada, solo cruzaron sus miradas y hubo un momento de silencio, mientras se dirigían fuera de la casa.

-Pero ¿dónde guardarán todo su plástico, en donde se lo llevarán a su planeta? - preguntó Rufus.

- De eso se encarga Sadiq- dijo Dan.

Ya en el jardín, tomando el artefacto reductor, Dan le explicó a Rufus dónde se localizan los botones que debía presionar para reducirlos y volver a tamaño normal, así lo hizo, Rufus procedió a encoger a Dan y luego a Sadiq, los introdujo en la mochila de Dan la cual se la había prestado, se la colocó en su espalda y un poco temeroso se dirigió a la calle. Esperó sentado en la parada de autobuses a qué llegara el camión indicado.

Rufus sabía que lo que estaba haciendo estaba mal, no le había dicho a su mamá que andaría solo por la calle sin la compañía de un adulto, e iba a tomar algo que no era suyo y si las cosas no salían bien hasta la cárcel iría a parar. Meneó la cabeza para sacudirse esos pensamientos negativos, hizo changuitos para que no le tocará un chofer refunfuñón que no lo quisiera llevar por ir solo y no acompañado de un adulto. Rufus estaba cada vez más nervioso pues no sabía cómo le iba hacer para que nadie los atrapara.

Pasaron unos diez minutos y al fin llegó el autobús, Rufus se acercó a inspeccionar temeroso de que fuera un señor con cara de pocos amigos... pero para su sorpresa el que venía de chofer ese día era el señor Max, un antiguo vecino suyo, quien se puso muy contento al ver a Rufus.

- Buenos días Max ¿Cómo estás? ¿Ahora trabajas de chofer?

- Hola Rufus ¿qué haces por aquí tan temprano? Sí ¿cómo ves? Ahora soy chofer.

Rufus tuvo que inventar en ese momento una mentira, algo creíble para que no sospechara.

- Vine a dejarle a mi mamá un documento que olvidó.

- Oh, eres un niño muy inteligente y educado, me da gusto que cooperes con tu mamá, ella ha de estar muy orgullosa de ti ¡Te felicito!

Pero Rufu bajó la cabeza un poco avergonzado y con remordimiento.

- ¡Me da mucho gusto verte de nuevo, Max! ¿Cómo está Ross? Los extraño mucho. Quisiera que regresarán a vivir otra vez cerca de mi casa, porque mi única amiga Sharon, murió hace varios años y ustedes, aunque son adultos, son mis amigos.

- Me da gusto escuchar eso... tú también eres nuestro amigo –dijo mientras sonreía y conducía aquel camión en el cual no iban muchos pasajeros. Y eso era un alivio para Rufus.

-Quizás podamos ir a visitarte el fin de semana, Ross le encantará verte, estaremos muy contentos de visitarte y quizás te llevemos un regalito.

- Muchas gracias Max, mamá estará muy contenta.

Transcurrieron como unos diez minutos sin decir ni una palabra.

Rufus andaba en las nubes… nubes de preocupación por lo que pudiera pasar, no quería ir a la cárcel pues era muy joven se decía así mismo. Con cautela pregunto:

- Max ¿conoces la compañía de plástico que está cerca de la industria donde trabaja mi mamá?

- ¡Ah! si he pasado muchas veces por aquí, de hecho, Ross trabajó allí el año pasado ¿Por qué la pregunta?

- Solo curiosidad ¿sabes qué es lo que hacen con los desechos?

- Creo que los guardan en contenedores muy grandes estos se encuentran detrás del edificio, porque los transportan a otra industria para procesarlo de nuevo, les dan otro uso, algunos otros los llevan y los desechan cerca del mar, eso es pura contaminación. El otro día, en la televisión estuve mirando un reportaje que decía que muchos animales marinos mueren a causa de tantos desechos que se comen. El mundo ahora está muy plastificado, en mi tiempo no existía tanto el plástico, en las tiendas cuando iba de compras llevaba mi bolsita de tela, ahora la industria está muy modernizada… bueno, no quiero aburrirte con todos estos temas, tú eres un niño, pero es bueno que conozcas todo eso, porque los niños son el futuro.   -Y Max haciendo un ademán en dirección a Rufus continuo: -Ten mucho cuidado Rufus, le entregas el documento a tu mamá, te regresas derechito a tu casa, no platiques con ningún desconocido, me saludas a tu mamá un día de estos nos vamos a ver, te voy ir a visitar de sorpresa a tu casa, ¡Mira! Ahí está la oficina del edificio donde trabaja tu mamá.

El camión se detuvo.

-Fue un placer haberte visto -Dijo Max mientras Rufus se levantaba de su asiento.

Rufus se despidió y bajó del camión de un salto, cruzó la calle, se dirigió al edificio donde trabajaba su mamá, pero siguió caminando cruzó la siguiente calle, giró a la izquierda y se topó con la industria donde fabrican las botellas de plástico, ¡sí! esas en las que vienen las bebidas gaseosas, las botellas de los refrescos, jugos, todo lo que consumimos. Era un edificio enorme, llegaba hasta el otro bulevar de la calle.

Siguiendo las descripciones de Max los contenedores a los que se refería estaban en la parte trasera del inmueble, así que decidió dirigirse hacia allá aprovechando que había muy pocos empleados transitando por allí, pues acababa de entrar el segundo turno de jornada. Por cierto, su mamá trabajaba en el primer turno.

Rufus caminó rápido, se dirigió al callejón el cual era un poco oscuro, húmedo solitario y angosto. Desde de allí, se podía divisar los ocho contenedores enormes de color verde, el camino estaba iluminado por algunas lámparas viejas; parecía un callejón abandonado hasta encontró algunas ratas, entonces sacó el artefacto de su mochila junto con Dan y Sadiq y los volvió tamaño normal.

- ¿Ya llegamos? - preguntó Dan un poco eufórico.

- sí, estamos aquí pero no sé cómo lograremos cruzar las mallas metálicas, además hay cámaras de vigilancia- afirmó Rufus mientras le señalaba los contenedores enormes que se divisaban a unos 15 metros de distancia.

- Allí se encuentra todo lo que necesitas ¿será suficiente?

- Por supuesto que sí, es más que suficiente.

-Esta es una misión para Sadiq, él romperá las mallas y se volverá invisible. Cuando crié este robot, lo hice pensando en que me ayudaría en alguna y que otra de mis aventuras, Y mientras tú y yo estaremos acá detrás de estos botes de basura Supongo que es basura ¿verdad? - preguntó Dan.

-Pero cuando rompa la malla se activará alguna alarma y si nos encuentran ¿qué vamos a hacer? Nos encontrarán- dijo Rufus todo nervioso.

- No lo harán.

En ese momento, Sadiq se preparó, activó su mecanismo modo invisible y procedió a cortar las primeras mallas metálicas mientras Dan y Rufus corrieron a esconderse detrás de dos grandes botes de basura.

Y desde luego, se activó la alarma sonó muy fuerte, tan fuerte que se escuchaba a unas cinco cuadras de distancias de allí, pero Sadiq actuó muy rápido que logró entrar en casi segundos, en ese momento se alcanzaron a escuchar voces de los guardias de seguridad que se acercaban, pero Sadiq ya había logrado entrar, nadie podía verlo y mientras todos centran su atención en las aberturas de la malla, Sadiq aprovechó esa distracción y abrió las tapaderas de los contenedores succiona el material plástico, lo redujo y lo empaquetó en el almacén que traía integrado en su parte trasera.

Logró hacer todo eso en unos cinco minutos, pero en esos instantes uno de los guardias alcanzó a ver que uno de los contenedores tenía la tapadera abierta, Sadiq había olvidado cerrarla. Así que empezó a alertar a todo el cuerpo de seguridad de manera que descubrieron que alguien había robado todos los almacenes. Buscaron por todas partes, luego fueron y revisaron las cámaras de seguridad, buscaban y buscaban, empezaron a rodear todo el edificio, por lo que lamentablemente Dan y Rufus fueron descubiertos, los llevaron ante el dueño de la compañía. Era un señor con cara de pocos amigos, siempre vestía de traje color marrón.

Mientras tanto Sadiq logró su misión con éxito, pero al salir ya no encontró a Dan ni Rufus. Anduvo de aquí para allá y nada. Así que no le quedó otra opción que entrar al edificio, pues llegó a la conclusión que allá es donde podrían estar. Logró entrar sin ningún problema anduvo recorriendo todo el edificio de departamento tras departamento, entonces alcanzó a distinguir a dos empleados que preguntaban -que irán a hacer con esos pobres niños, el jefe está que hecha fuego de coraje.

Así pudo seguir la pista de donde podrían estar. Buscó rápidamente la oficina del director (jefe) de la empresa, entonces allí alcanzó a ver a Rufus y Dan frente a un humano con apariencia de autoridad sobre ellos.

De repente, la puerta se abrió sola. Lo que al hombre le pareció extraño.

En ese momento Dan pudo notar la presencia de Sadiq. El jefe se levantó y fue a cerrar la puerta, en ese instante Dan hizo una señal a Rufus de que Sadiq se encontraba ahí.

51

Sadiq aprovechó que el jefe les daba la espalda mientras cerraba la puerta, entonces en unos segundos los redujo de tamaño a Dan y a Rufus, los guardo en su depósito mientras él aún seguía en modo invisible, el jefe al voltear, no miró a nadie busco debajo de la mesa, de los anaqueles, la caja fuerte y nada.

- ¿Cómo es posible? dio un fuerte grito, se estremecieron las pareces.

Mientras tanto, la puerta volvió a abrirse sola.

Ahora sí, el jefe estaba muy asustado.

- ¡vengan todos aquí! - grito de nuevo.

-Se han escapado —agrego todavía más fuerte rugiendo de coraje.

-Pero ¿Cómo lo han hecho? si aquí estaban hace unos segundos.

Así Sadiq, logró liberar a Dan y Rufus y salieron de allí sin ningún problema.

Para la 1:00 de la tarde, Rufus, Dan y Sadiq ya estaban en la casa de nuevo, muy contentos pues su misión había tenido éxito.

Olvidé decirte que Sadiq antes de salir de aquel edificio se conectó en el sistema y logró destruir las cintas de las cámaras de vigilancia así nadie tendría evidencia de que ellos habían estado allí, ni que habían tomado aquello de los almacenes.

Pasaron rápidamente las horas y llegó la tarde.

Rufus estaba un poco triste, pues tenía que despedirse ya faltaba media hora para las 6 de la tarde y tenía que irse a casa pues su mamá ya iba a llegar.

-Ya casi tengo que despedirme -dijo Rufus muy triste.

- Antes de que te vayas queremos darte un regalo y un paseo para agradecerte por todo lo que has hecho por nosotros —dijo Dan

En ese momento se teletransportan al desierto, volvieron al tamaño original su nave y todos abordaron, cómo es de esperar; Rufus no cabía de asombro, creía que estaba soñando.

-Te vamos a llevar a que conozcas fuera de la tierra, te llevaríamos fuera de la galaxia, pero tu naturaleza no lo soporta. -Dijo Dan

Le pusieron un traje especial y en cuestión de segundos la nave despegó.

Rufus estaba asombrado sin saber qué decir, miró como salía y se alejaba de la Tierra, rodearon la Luna y de lejos divisó más cuerpos celestes.

- ¡Es asombroso! -Fue lo único que pudo decir Rufus. Pero desde ese momento se prometió a sí mismo que estudiaría duro para cuando fuera adulto ser un astronauta y lograr ir al espacio.

Estuvieron en el espacio unos escasos diez minutos y regresaron de nuevo al desierto, la nave aterrizó.

- Quiero regalarte algo- le dijo Dan

-Quiero darte esto para cuando Martín y su compañero te quieran molestar, tú te vuelvas invisible así no tendrás que andar huyendo de ellos, solo presionas aquí y te volverás invisible y para volver a ser visible aquí –le señaló.

-Muchas gracias -dijo Rufus todo emocionado.

En ese momento hicieron la teletransportación, regresaron a la casa para despedirse.

-Los voy a extrañar mucho. Aquí no tengo casi amigos, ustedes han sido unos muy buenos amigos y me he divertido, aunque también me he asustado un poco. - enfatizó Rufus.

-Muchas gracias por tu ayuda. Te prometo que para el próximo año (años de tu mundo) volveré y te llevaré a mi planeta para que lo conozcas, estaré trabajando en un proyecto para que puedas sobrevivir en mi planeta; porque las condiciones o leyes que hay en él no son aptas para tu naturaleza, así que tengo que idear un traje especial para ti, pero en un año haré lo posible y estaré aquí.

Sadiq al despedirse de Rufus le entregó cinco piedras muy brillantes de diferentes colores. Eran lo que aquí conocemos como piedras preciosas como Jade, Ópalo, Zafiro, Topacio y Rubí.

-Según mis investigaciones, aquí en la Tierra esto es muy preciado, mientras que en nuestro mundo no tiene ningún valor.

Y con lágrimas en los ojos, aquellos "niños" se despidieron.

Dan y Sadiq volvieron al desierto e iniciaron la ruta de regreso a casa.

¿Qué sucedió con sus padres? ¿Volvió Dan por Rufus a la Tierra para llevarlo a conocer su planeta? ¿Quieres saberlo?

Hazme saber si quieres conocer la segunda parte.

¿QUIERES JUGAR?

Había una vez un niño llamado Carlitos.

Carlitos jugaba todos los días con videojuegos, le gustaban mucho.

Pero su mamá sabía que eso no estaba bien, quería que su hijo le obedeciera porque ni siquiera hacía la tarea; deseaba que Carlitos fuera obediente.

 Un día la mamá de Carlitos andaba en el parque, andando por allí, le pareció muy curioso un libro sobre un árbol. Se preguntó:

- ¿De quién será ese libro? Lo más probable es que alguien lo olvidó.

Lo bajó del árbol y leyó:

- El libro de los niños. Así que lo abrió y encontró un cuento que tenía escrito: el genio de la lámpara maravillosa. Así que lo leyó, al final del cuento había una nota que decía: "Di estas palabras mágicas y apareceré y cumpliré un deseo".

 La mamá de calitos dijo:

- ¡Tonterías!

y sin querer dijo las palabras mágicas que eran: chikibudum ala hukubidum aparece genio bumbun agugug añañai ou beibi UUU... cuando iba a volver a la casa tras sus espaldas apareció un pequeño genio parecido a un cerdito.

La mamá de Carlitos lo vio asombrada y casi grita cuando el genio de libro le dijo:

- No tengas miedo mamá de Carlitos, te cumpliré un deseo pídeme lo que quieras.

La mamá de Carlitos había leído el cuento de la lámpara por lo que sabía de qué se trataba y que ese genio cumpliría cualquier deseo, pensó en pedirle mucho dinero y no tendría que trabajar más y comprarse todo lo que quisiera cuando estaba a punto de pedirlo, pensó en su hijo Carlitos y en lo mal que le estaba yendo en la escuela.

- Dime cuál es tu deseo- preguntó nuevamente el genio puerquito...

-Quiero que Carlitos deje de jugar a los videojuegos y sea un niño estudioso.

- No puedo cumplir ese deseo, porque no puedo interferir en la decisión de Carlitos, pero si puedo cumplir en darte este cuento para que se lo des y lo lea.

El cuento dice:

Hola Carlitos soy el genio de la lámpara, sé que no me conoces, pero puedes verme a un lado de la imagen. Puedo cumplir cualquier deseo y te conozco. Quiero decirte algo. Sé que juegas videojuegos a todas horas ¿sabes? A mí me gustan mucho también, pero no es bueno jugar todo el día porque si no en la escuela tu maestra se enojará y tus notas bajaran. Y cuando seas grande tendrás un trabajo que no te gustará, por ejemplo; limpiar los inodoros, los platos y te pagaran poco, no podrás comprar las cosas que te gustan, a diferencia de tu compañero de escuela, Paquito; que tiene notas altas. ¿Me prometes que solo jugaras una hora al día, harás tus tareas y le harás caso a tu mamá? respóndeme en voz alta.

FIN

_____
_____
_____
_____
_____

Made in United States
North Haven, CT
26 August 2022